Wenn du eine Sternschnuppe siehst, wünsch dir was

SANG-KEUN KIM

Aus dem Koreanischen
von Kyong-Hae Flügel

BELTZ
& Gelberg

Der erste Schnee ist gefallen.
Niemand weit und breit, nur der Maulwurf allein
auf seinem Weg nach Hause. Da entdeckt er einen
kleinen Schneeball.
»Hallo«, begrüßt ihn der Maulwurf und stapft
freudig auf ihn zu.

»Du, Schneeball, ich wohne noch gar nicht so lange hier. Die Wege sind mir etwas fremd. Und einen Freund habe ich auch noch nicht ...«, spricht der Maulwurf den Schneeball vorsichtig an.
Und der Schneeball hört ihm schweigend zu.

»Ich muss immer den Bus nach Hause nehmen.
Wollen wir zusammen fahren? Das wird bestimmt lustig.«
Gemeinsam warten der Maulwurf und der Schneeball
auf den Bus.

Bald kommt der Bus mit dem Bären.
»Lieber Maulwurf, Schneebälle dürfen leider nicht mitfahren.«
»Aber er ist doch mein Freund«, erwidert der Maulwurf.

»Dein Freund? Schnee ist Schnee. Und irgendwann wird
er wegtauen …«, sagt der Bär zum Maulwurf und fährt weiter.
»Aber ich habe ihm doch versprochen, dass wir zusammen
den Bus nehmen …!« Ohne seinen Freund kann der
Maulwurf einfach nicht fahren.

Da kommt ihm eine Idee.

Beide warten auf den nächsten Bus.

Nach einer Weile hält der Bus mit dem Fuchs an.
»Du, kleiner Maulwurf, ich kann in meinem Bus doch
keinen Schnee mitnehmen.«
»Aber er ist doch ein Bär«, antwortet der Maulwurf.

»Du nennst diesen riesigen Schneehaufen einen Bären?«,
sagt der Fuchs und fährt davon.

»Riesig?« denkt der Maulwurf und hat wieder eine gute Idee.

Gemeinsam warten sie auf den nächsten Bus.

Es ist Nacht geworden:
»Schau, eine Sternschnuppe!«

»Meine Oma sagt immer: ›Kleiner Maulwurf, wenn du eine
Sternschnuppe siehst, kannst du dir etwas wünschen.‹
Diese Sternschnuppe erfüllt mir bestimmt einen Wunsch!«,
freut sich der Maulwurf.

»Frierst du? Hier, nimm meine Mütze!«

»Der Bus kommt bestimmt bald.«

Kurz darauf hält der Bus mit dem Hirsch
vor ihnen an.
»Euch beiden muss doch kalt sein! Steigt
schnell ein, damit ihr nicht krank werdet.«

Im Bus ist es gemütlich und warm.
Dem Maulwurf fallen schon bald die Augen zu.

Wie viel Zeit wohl vergangen sein mag? Als der Maulwurf erwacht,
ist sein Freund verschwunden.

»Busfahrer, Busfahrer! Haben Sie meinen
Freund gesehen?«
»Nun, ich weiß nicht genau. Vielleicht ist
er ja schon ausgestiegen … Du musst jetzt aber
auch schnell nach Hause! Bestimmt wirst du
schon erwartet.«

Der Maulwurf schaut dem Bus noch eine Weile nach.
Aber seinen Freund kann er leider nicht entdecken.

»Ich konnte noch nicht einmal ›Auf Wiedersehen‹
sagen ...«, murmelt der Maulwurf. Er läuft ganz langsam
und blickt immer wieder zurück.

»Da bist du ja endlich, mein Schatz! Ganz durchgefroren
bist du. Komm und setz dich auf meinen Schoß!«
In Omas Armen ist es schön.
Der Maulwurf erzählt ihr von seinem Erlebnis. Wie immer
hört ihm seine Oma aufmerksam zu.

»Wo er jetzt wohl sein mag?«
In dieser Nacht kann der Maulwurf kaum schlafen.
Er muss immerzu an seinen Freund denken.

Als der Morgen dämmert, hört der Maulwurf
die Stimme seiner Oma:

»Kleiner Maulwurf! Geh mal schnell nach draußen,
da ist ein Überraschungsbesucher für dich!«

Für meine Oma,
die immer für mich da war.

Sang-Keun Kim, geb. 1986 in Seoul, liebte es schon immer, zu zeichnen und Geschichten zu erzählen. Seit seinem Master in Animation an der Konkok University in Seoul arbeitet er als freischaffender Illustrator und unterrichtet Kunst und Design. Bei Beltz & Gelberg erschien bisher seine erste Geschichte vom kleinen Maulwurf »Wenn du Sorgen hast, rolle einen Schneeball«.